Contraste insuffisant des couvertures
supérieure et inférieure

Début d'une série de documents
en couleur

THÉOPHILE DE VIAU

ÉTUDE BIO-BIBLIOGRAPHIQUE

AVEC

UNE PIÈCE INÉDITE DU POÉTE

ET

UN TABLEAU GÉNÉALOGIQUE

PAR

JULES ANDRIEU

DE LA SOCIÉTÉ DES SCIENCES, LETTRES ET ARTS D'AGEN

BORDEAUX

PAUL CHOLLET

PASSAGE SARGET, 5

PARIS	AGEN
ALPHONSE PICARD	J. MICHEL & MEDAN
RUE BONAPARTE, 82	RUE PONT-DE-GARONNE, 16

M DCCC LXXXVII

THÉOPHILE DE VIAU

THÉOPHILE DE VIAU

ÉTUDE BIO-BIBLIOGRAPHIQUE

AVEC

UNE PIÈCE INÉDITE DU POÈTE

ET

UN TABLEAU GÉNÉALOGIQUE

PAR

JULES ANDRIEU

DE LA SOCIÉTÉ DES SCIENCES, LETTRES ET ARTS D'AGEN

BORDEAUX

PAUL CHOLLET

PASSAGE SARGET, 13

PARIS	AGEN
ALPHONSE PICARD	J. MICHEL & MEDAN
RUE BONAPARTE, 82	RUE PONT-DE-GARONNE, 10

M DCCC LXXXVII

A *Monsieur* Adolphe MAGEN, *Secrétaire perpétuel de la Société des Sciences, Lettres et Arts d'Agen.*

MON CHER CONFRÈRE,

Notre commune et très vive sympathie pour le poète agenais auquel je consacre ces lignes me fait inscrire ici votre nom.— L'auteur du *Bosquet de Sylvie* n'est pas un *oublié*, mais un méconnu, un déshérité, la victime d'une odieuse injustice contre laquelle on ne saurait trop réagir.

Il vous a paru que cette notice, destinée, dans ses principaux éléments, à la *Bibliographie générale de l'Agenais*, [1] pouvait être utilement produite en dehors de son cadre.

Si le public daignait partager ce sentiment, l'heure de la réparation serait proche.

Je vous renouvelle, Mon cher Confrère, l'assurance du plus affectueux dévouement

J. A.

---

[1] *Bibliographie générale de l'Agenais et des parties du Condomois et du Bazadais incorporées dans le département de Lot-et-Garonne.* (Paris, Alphonse Picard ; Agen, J. Michel et Médan , 2 vol. gr. in-8° à 2 col.) Le tome premier vient de paraître (octobre 1886); le tome second paraîtra en 1887. — La présente notice doit me permettre d'abréger considérablement la partie biographique de l'article *Théophile.*

THÉOPHILE DE VIAU

I

Voici un poète, un vrai poète pour qui la destinée s'est montrée exceptionnellement cruelle. La calomnie qui lui brisa le cœur et étouffa son génie réussit à l'affubler d'une espèce de célébrité interlope que la postérité a trop bénévolement consacrée.

THÉOPHILE DE VIAU, ordinairement désigné sous le seul prénom de THÉOPHILE, naquit à *Boussères de Mazères*, près le Port-Ste-Marie (Lot-et-Garonne), en 1590, et mourut à Paris le 25 septembre 1626.

Il était le second fils de Janus de Viau, avocat au Parlement de Bordeaux, dont le frère fut gouverneur de Tournon pour Henri IV et dont le père avait été membre du Conseil privé et secrétaire de la reine de Navarre.

Janus de Viau laissa cinq enfants : Paul, capitaine, *Théophile*, Daniel, Suzanne, dame Duffort, et Marie. Cette dernière épousa le 20 août 1637, par contrat de Me Magadon, notaire royal d'Agen, Pierre Bouchet, sieur de Roget, d'où a dérivé la descendance.

La plupart des biographes sont inexacts en ce qui concerne le lieu de naissance de Théophile. Les uns (Moréri, Alleaume, Vapereau, etc.) disent : *Clairac*, et telle est aussi l'opinion de l'auteur anonyme des *Recherches sur le*

Pays de Théophile de Viau [1], lequel disserte fort longuement pour aboutir à une erreur. D'autres (Théophile Gautier, Larousse, la *France Protestante*, etc.) écrivent : *Boussères Ste-Radegonde*.

Je repète que le poète naquit à *Boussères de Mazères*, sur le bord de la Garonne, entre le Port-Ste-Marie et Aiguillon, et non à Boussères-Ste-Radegonde, sur le Lot, entre Aiguillon et Clairac. — Je vais établir ce point d'une manière précise.

Le fils de Marie de Viau, Odet Bouchet, sieur de Roget, de Boussères et de Viau, qualifié principalement *sieur de Viau* (preuve que sa mère dut exercer une revendication qui fut admise), Odet Bouchet, dis-je, est indiqué comme *habitant du lieu de Boussères, paroisse de St-Pierre de Marcelin, jurisdiction de Port-Ste-Marie,* en son contrat de mariage avec Marie Roussannes, passé le 6 juin 1677 par Me B. Bougt, notaire royal à Laparade. Cet Odet de Viau, qui, le 13 décembre 1678, fit dresser un inventaire des biens de son père, s'expatria en 1699 pour cause de religion et passa à Dublin, où ses quatre filles le suivirent. Son fils, Pol Roger de Bellegarde de Viau, trop jeune sans doute, resta en France et fut élevé dans la religion catholique. Il obtint le 24 septembre 1712 une ordonnance de M. de Lamoignon-Courson, intendant de Guyenne, levant le séquestre dont son patrimoine avait été frappé par ordonnance de l'intendant de La Bourdonnaye, du 22 septembre 1704. — L'arrêt qui condamnait son père à servir sur les galères du roi disait que ses sœurs, Isabeau, Suzanne, Olympe et Rose,

---

[1] *Recherches sur le Pays de Théophile de Viau ; suivies d'un Précis historique des villes de Clérac, du Port-Ste-Marie et d'Aiguillon en Agenois* (Troyes, impr. Ve Gobelet et Fils, 1788, in-8° de 64 pp.).

seraient recluses dans les manufactures de Bordeaux. Leurs
biens avaient été saisis par sentence de MM. de Jayan,
lieutenant général du roi, de Cunolio, assesseur, et Raignac,
conseiller à Agen [1].

La mention extraite du contrat de mariage du fils de
Marie de Viau ne laisse subsister aucun doute sur le *Boussères* auquel se rattache Théophile. Il pourrait être fait
d'autres citations de même genre ; mais celle-là me paraît
suffire. — Pol de Bellegarde, reçu avocat au Parlement de
Bordeaux le 18 mai 1714, épousa dans cette ville, le 18
avril 1717, Jeanne Saubère et mourut en mars 1743, laissant cinq enfants. Le 27 juin 1744, sa veuve fit requête au
curé de *Boussères de Mazères,* pour le maintien du droit de
banc dans l'église paroissiale, requête favorablement ac-
cueillie « en considération des bienfaits de son mari pour
l'église où il est enterré ».

Aujourd'hui encore, la maison des Viau à Boussères porte
le nom de *Roget.*

Ceux qui ont fait naître Théophile à Clairac ont basé, je
pense, leur hypothèse sur ces deux vers d'un sonnet du
poète :

> « Sacrez murs du Soleil où j'adoray Philis,
> ....
> *Clerac, pour une fois que vous m'avez faict naistre,*
> *Helas ! combien de fois me faites vous mourir !* »

Il ne faut voir là évidemment qu'une sorte de licence
poétique, ou peut-être une allusion à la vie morale, au
baptême et à l'instruction religieuse reçus dans le temple
de l'Eglise réformée de cette petite ville.

---

[1] Archives de la famille.

Au surplus, si Théophile a écrit sur Clairac les deux vers ci-dessus, il a été bien autrement explicite pour Boussères dans l'élégie : *Souverain qui regis l'influence des vers.*

Faut-il citer ce passage :

....

« Maintenant que le Roy s'esloigne de Paris,
....
Il faut que je le suive, et Dieu sans me punir,
Cloris ne te sçauroit empescher d'y venir.
Si tu fais ce voyage, et mon amour te prie
D'y ramener tes yeux, *car c'est là ma patrie,*
C'est où les rais du jour daignèrent devaler
Pour faire vivre un cœur que tu devois brusler.
Là, tu verras un fonds où le Paysan moissonne
Mes petits revenus *sur les bords de Garonne,*
Le fleuve de Garonne où de petits ruisseaux,
Au travers de mes prez, vont apporter leurs eaux;
Où des saules espais leurs rameaux verds abaissent
Pleins d'ombre et de frescheur sur mes troupeaux qui paissent.
Cloris, si tu venois dans ce petit logis,
Combien qu'à te l'offrir de si loin je rougis,
Si ceste occasion permet que tu l'approches,
Tu le verras *assis entre un fleuve et des roches.* »
....

La description n'est-elle pas pas assez précise? Le nom seul de Boussères y manque ; mais le voici, dans la charmante *Lettre à son Frère* :

....
« Quelque lacs qui me soit tendu
Par de si subtils adversaires,
Encore n'ay-je point perdu
L'esperance de voir *Boussères.* »

Un dernier mot à ce sujet :

L'erreur de lieu a dû être accréditée par Moréri, car je

ne sache pas qu'elle se soit produite auparavant. Il l'eût facilement évitée lui-même en consultant, par exemple, de son contemporain Pierre Duval, la *Carte du Duché d'Aiguillon, dédiée à Madame la Duchesse* (Paris, 1653, et Amsterdam, 1663, in-folio en largeur). Cette curieuse carte porte, en effet, dans le coin sud-ouest du duché, au bord de la Garonne, Boussères de Mazères ainsi désigné : *Maison de Theophile.*

Dans sa *Notice,* fort curieuse d'ailleurs, sur notre compatriote (*Œuvres.* Ed. Jannet, 1856, t. I, p. VI), Alleaume, ignorant la topographie de la région, confond singulièrement les deux *Boussères* :

« Le père, dit-il, ... fut contraint comme huguenot, par la guerre civile, de se retirer à Boussères-Ste-Radegonde, *sur la rive gauche du Lot,* à une demi-lieue (?) de Port-Ste-Marie, ... dans un petit manoir situé *sur le bord de la Garonne* (!) »

Il faut lire évidemment : *Boussères de Mazères* [1].

II

Janus de Viau était fort lettré. Il donna les premières leçons à Théophile, qui, après avoir complété ses études chez les régents écossais de Saumur, s'achemina vers Paris en 1610. — Promptement lié avec Balzac dont il devait être tant conspué, le poète agenais fit en sa compagnie un vo-

---

[1] Boussères de Mazères est, en effet, situé à une demi-lieue de Port-Ste-Marie et sur le bord de la Garonne.

yage en Hollande. Il s'était arrêté à Leyde pour suivre les
leçons du savant Baudius, quand son ami récolta l'épique
bastonnade connue.

C'est par la protection du comte des Rieux que Théophile
entra dans la maison de Henri II, duc de Montmorency [1]. Il
rima pour les divertissements de la Cour, obtint du succès,
et de nombreux traits d'esprit servirent puissamment sa
réputation naissante. — L'avenir semblait donc sourire au
jeune gentilhomme huguenot dont on admirait aussi la
fière allure et la vaillante épée.

Vers cette époque, des poésies obscènes et anti-religieu-
ses commencèrent à circuler sous son nom, et le roi,
blessé, lui fit donner des avertissements sévères. Puis la
calomnie se mit en campagne ; les inimitiés soulevées par
l'imprudent poète s'agitèrent : un ordre d'exil survint le
4 juin 1619.—Il s'enfuit, fut quelque temps errant et, par l'in-
tercession de son protecteur, obtint l'autorisation de passer l'hiver à Boussères ; mais on n'admit pas son retour à
Paris. — Un second ordre d'exil le décida à s'expatrier.

Après deux années vécues en Angleterre, il lui fut permis de rentrer en France. Il abjura alors le calvinisme et
suivit le roi dans les campagnes de 1621 et 1622.

Théophile avait les vices de son temps, ni plus ni moins.
Il partagea les folies de riches libertins, tels que Desbar-

---

[1] Fils de Henri de Montmorency, connétable de France né en 1595.
— Il était le filleul d'Henri IV et fut fait amiral par Louis XIII, en
1612, à l'âge de dix-sept ans. On sait combien la lutte qu'il entre-
prit contre Richelieu lui fut fatale. Fait prisonnier à Castelnau-
dary en 1628, il eut la tête tranchée à Toulouse.

32

reaux, Saint-Pavin [1], etc., auxquels se joignirent Vallot [2],
Mayret, Boissat et autres ; mais son principal tort fut de
n'égaler ses compagnons que par la licence des mœurs.
Ses ennemis, le Père Garasse surtout [3], avaient les coudées
franches à l'égard d'un cadet sans fortune. Ce jésuite caute-
leux alla jusqu'à prêcher en chaire contre celui qui, un jour,
avait osé se mesurer avec lui et avec son compère Cotton ;
il publia même tout un gros volume malfaisant : *La Doctrine
curieuse des beaux espritz de ce temps* (Paris, 1624, in-4°),
lorsque de nouvelles poursuites plus graves furent dirigées
contre le poète [4].

C'est en 1622 que parut le *Nouveau Parnasse Satyrique*,
recueil libidineux sur lequel le mercantilisme des éditeurs
osa mettre le nom de Théophile. On a longuement discouru

---

[1] Desbarreaux fut surtout célèbre par ses fredaines. Il devint
conseiller au Parlement de Paris (V. son *Historiette* dans Talle-
ment des Reaux). — Le Père Garasse dit que cet écervelé avait été
sur le point de se faire jésuite. — Il était fils de Vallée-Desbar-
reaux, président aux Enquêtes, et neveu de Charles Vallée, brûlé
vif en 1594 à Paris, pour cause d'athéisme. — Le poète Denis San-
guin de Saint-Pavin est assez connu.

[2] Vallot fut plus tard médecin d'Anne d'Autriche, puis de
Louis XIV.

[3] François Garasse, né à Angoulême en 1585, fut tué dans une
émeute dirigée contre le duc d'Epernon. Son oncle, Bernard Garasse,
fut général des chartreux. — François entra en 1601 dans la Cⁱᵉ de
Jésus. — Ecrivain de talent, mais libelliste enfiellé, il ne fut vrai-
ment à l'aise que dans les pires violences.

[4] Dans ses *Mémoires*, publiés par Charles Nisard (Paris, Amyot,
1886, in-12), l'intolérant jésuite se défend, ma foi, de toute animo-
sité contre Théophile !

sur cette insanité littéraire, qui ne fut pas la seule de l'époque. — Le *Nouveau Parnasse* reproduisait les *Délices* et la *Quintessence Satyrique*, publiées en 1620, avec addition de diverses pièces inédites dont l'attribution à Théophile n'a pas été prouvée et ne saurait l'être, par cette raison qu'elle est gratuite.

Gautier n'a pas craint d'écrire :

« La facture de ces boutades obscènes, de ces priapées bouffonnes dont aucun poète de ce temps ne se faisait faute et qu'on appelait *Gayetés*, n'a aucun rapport avec celle de Théophile [1]. »

Du reste, il est peu admissible que l'action judiciaire dirigée en 1623 contre une publication sotadique de 1622 hautement répudiée par notre compatriote, ne procédât pas d'une pensée inavouée. Louis XIII, quelque timoré qu'il fût, redoutait bien plus les libellistes que les pornographes. — Les insinuations malveillantes visaient juste et les auteurs supposés du *Parnasse* furent d'abord sommairement condamnés : Berthelot à être pendu, Colletet au bannissement, Théophile à être brûlé vif. Heureusement que ce dernier ne fut pas découvert aussitôt et qu'on se borna à l'exécuter en effigie ; mais toujours recherché, traqué comme un fauve, il fut saisi deux mois plus tard et écroué à la Conciergerie, dans le cachot de Ravaillac.

La politique ne fut certainement pas étrangère à son procès. Le zèle des jésuites, excité encore par l'injure faite au

---

[1] *Les Grotesques*, par Théophile Gautier (Paris, 1844, in-8° et in-12). Nombreuses éditions.

père Voisin [1], ne se ralentit pas : il rendit l'instruction diffi-
cile et laborieuse. La sentence intervint seulement le
1er septembre 1625. Le poète, après deux ans de détention
préventive, se vit condamner au bannissement perpétuel.

On sait que le duc de Montmorency, s'employant encore
et toujours en sa faveur, obtint de le garder secrètement
auprès de lui. Mais le malheureux n'avait pas enduré impu-
nément tant de privations et de souffrances : il ne put guère
profiter de la mansuétude royale et mourut bientôt dans
l'hôtel de son protecteur, après une courte maladie [2].

L'histoire est lamentable.

Que le poète agenais ait gaspillé son talent avec une
fâcheuse insouciance ; qu'il ait compromis dans les aven-
tures et le débraillé d'une vie incohérente des facultés
exceptionnelles, je n'y contredis point. Il fut, si l'on veut,
le coryphée de la bohème littéraire du xvii° siècle, un ré-
fractaire de lettres, un irrégulier plus enclin à exagérer l'in-
dépendance individuelle qu'à respecter la discipline sociale,
un étourdi incorrigible, trop audacieux pour son temps,
trop libre penseur pour son repos ; il fut tout cela ; mais
combien d'autres le furent comme lui, sans encourir les
mêmes disgrâces ? — Les avanies de toute sorte qu'on lui
prodigua dérivaient d'inimitiés bien connues, de représailles
honteuses. — On lui fit surtout expier le crime d'avoir trop
d'esprit dans l'ironie, trop d'acuité dans l'épigramme.

---

[1] Voisin, qui finit par être chassé de France, était la malveillance
même. Son histoire est peu édifiante et Garasse ne le ménage guère
dans ses *Mémoires*. — Je ne me hasarderai pas à préciser les
révélations malicieuses de Théophile.

[2] Le Père Garasse dit que le curé de Saint-Nicolas ne permit
l'inhumation de Théophile dans son cimetière que par l'injonction
du duc de Montmorency.

III

La poétique de Théophile est sans frein. La règle l'exas-
père :

> « La reigle me desplaist, j'escris confusement.
> Jamais un bon esprit ne faiv rien qu'aisement. »

Il apprécie Malherbe comme poète, mais il raille le régent
et daube sur ses imitateurs :

> «˙ Imite quy voudra les merveilles d'autruy,
> Malherbe a tres-bien faict, mais il a faict pour luy.
>
> . . . .
>
> J'approuve que chacun escrive à sa façon,
> J'ayme sa renommée et non pas sa leçon. » [1].

Sa facilité extrême lui fait prendre en pitié, — une
pitié cinglante, — les fanatiques de l'hémistiche, les
artisans laborieux de la rime. Certes, ces saillies impru-
dentes ne pouvaient guère lui servir de recommandation
auprès des pédants à venir.

Sa manière lui est d'ailleurs toute personnelle. Elle a du
mouvement, du relief, de la couleur, souvent de la grâce.
Le lyrisme lui sied : témoins l'ode *Sur la Paix* et l'ode *A la
Solitude*; la description est son triomphe ; mais ne lui de-
mandez pas une contention soutenue. Primesautière avant
tout, sa verve procède du caprice et s'alimente de l'imprévu.

Il ne sut pas toujours s'affranchir du mauvais goût : qui
le nie? La métaphore excentrique, l'hyperbole grotesque, la
pointe, les concetti puérils, détestable importation italienne,
ne sont pas rares sous sa plume; mais ne faut-il donc se

---

[1] *Elegie à une Dame.*

préoccuper que des défauts d'un homme, voire d'un poète ?
ne doit-on pas tenir compte des conditions de temps, de
milieu, d'influence ? — A côté du fameux distique :

« Ah ! voicy le poignard... »,

objet de réprobation éternelle, combien de strophes comme
les suivantes de l'*Apollon Champion* pourraient être
citées :

. . . .

« C'est moy dont la chaleur donne la vie aux roses,
Et fait ressusciter les fruicts ensevelis ;
Je donne la durée et la couleur aux choses,
Et fais vivre l'esclat de la blancheur des lys.

« Si peu que je m'absente, un manteau de tenebres
Tient d'une froide horreur Ciel et terre couvers ;
Les vergers les plus beaux sont des objects funebres,
Et quand mon œil est clos, tout meurt en l'Univers... »

L'auteur du *Bosquet de Sylvie* ne fut pas seulement un
poète savoureux : il fut aussi un logicien et un prosateur
hors ligne, au style nerveux, souple et lucide. Géruzez, qui
lui consacre quelques bonnes pages dans son *Histoire de la
Littérature Française*, [1] n'hésite pas à citer le nom de Beau-
marchais, à propos de ce beau plaidoyer *pro domo sua
(Apologie)*, qui pourrait racheter seul, au besoin, bien des
faiblesses. — Les *Fragments d'une Histoire comique* ne sont
pas moins remarquables.

---

[1] Géruzez a porté sur notre poète un des jugements les plus sérieux et les mieux déduits.

« . . . . On n'écrivait guère alors, en prose,
de cette façon ferme, aisée et franche [1] . . . . »,
dit Gautier, qui voit en Théophile un précurseur de l'école
moderne et comme le premier des romantiques, pendant que
Victor Fournel le qualifie libéralement du titre de *Philosophe
de cabaret* [2].

Boileau trouva plaisant de l'exécuter en compagnie du
Tasse. Cela était de rigueur : celui dont le nom fournissait
une belle chute poétique et une rime suffisante à Virgile
avait professé des théories trop subversives. — Il est vrai
que le *Législateur du Parnasse* daigna traiter une des tira-
des du factieux comme ledit Virgile traitait le fumier d'En-
nius; que Corneille voulut bien se souvenir de *Pyrame et
Thisbé* en composant *Psyché*; que Molière le tint en quelque
estime et lui emprunta une des meilleures scènes du *Mariage
forcé*; que Saint-Evremond lui reconnut de l'imagination et
de la grâce. Je ne veux pas rappeler l'admiration profonde
qu'il inspirait à ses disciples (car il eut des disciples), à
Mayret, Bois-Robert, Saint-Amant, Scudéry; mais j'aime à
me souvenir que La Bruyère, qui vaut bien Marmontel,
n'éprouvait pour lui aucune horreur.

Fut-il athée?—J'en doute. —Les sursauts fantaisistes d'un
art déréglé n'ont pas de sens rigoureux. Il traduisit le
Phédon et on rencontre dans ses vers des élans de foi

---

[1] *Les Grotesques*.

[2] *La Litttérature indépendante et les Écrivains oubliés au XVII*
siècle (Paris, 1862, in-12). Ces *Essais de critique et d'érudition* ne
constituent pas le meilleur du bagage littéraire de M. Victor
Fournel.

autrement expressifs que les boutades dont l'astuce s'ingé-
niait à torturer la signification.

Je mentionnerai plus loin les diverses notices consacrées
à Théophile. La plus curieuse est, sans contredit, celle
qu'écrivit Gautier en 1844 et dont j'ai déjà parlé [1]. L'auteur
de *Fortunio* plaça la victime de Garasse dans une galerie
grimaçante, entre l'invraisemblable Scalion de Virbluneau,
sieur d'Ofayel, et le prodigieux Pierre de Saint-Louis ;
mais il lui donna pour compagnons Villon, Colletet, Cha-
pelain, etc. Malgré sa forme spirituellement paradoxale qui
semble exclure le sérieux, l'œuvre est fouillée, vivante, et
j'ajoute très sincère, puisque le sentiment du Jeune-France
de 1844 se retrouve exactement vingt ans plus tard, dans
les *Poètes français* (t. II, 1861)[2].

La généreuse tentative de Gautier n'a pas eu le succès
qui lui était dû. En dépit de la justice et du bon sens,
l'heure de la réparation s'attarde ; la mémoire du poète
méconnu reste encore ensevelie sous le ridicule et l'équivo-
que. — L'avenir lui doit un dédommagement que j'appelle
de mes vœux, en m'associant à cette déclaration de M. Faugère-Dubourg, extraite d'une excellente étude publiée
en 1859 :

« Malgré le Parlement qui a condamné l'homme, malgré
Boileau qui a condamné le poète, la réputation de Théophile
est aussi injuste qu'odieuse. Qu'on fasse la part du temps

---

[1] *Les Grotesques.*

[2] Cette seconde étude de Gautier sur *Théophile de Viau* a été
réimprimée dans le volume portant le titre de *Fusains et Eaux-fortes*
(Paris, Charpentier, 1880, in-12).

et du mauvais goût inhérent à l'époque, qu'on écarte les
ressentiments implacables que souleva le hardi novateur,
qu'on cherche sans partialité l'homme et le poète dans
l'histoire de son siècle et dans les œuvres de son génie :
l'homme et le poète apparaîtront glorieux et réhabilités [1]. »

IV

Je ne pense pas qu'il existe beaucoup de manuscrits du
poète agenais. M. Paul de Bellegarde [2], un des représentants
actuels de la famille, possède une pièce autographe et
signée, composée de quinze stances de dix vers d'une
écriture hardie et très nette. Cette pièce, que je crois com-
plètement inédite, est adressée à M. de Liancourt [3]. Elle
mérite d'être publiée et je vais la donner ici fidèlement et
tout entière :

« A MONSIEUR DE LIANCOUR.

« Entretiéns la melancholie
Dont sy joyeusement tu meurs :
Aussy bien est-ce une folie
De croire vaincre ses humeurs.

---

[1] *Théophile de Viau, sa Vie et son Œuvre* (Revue d'Aquitaine, t. III
et IV). Remarquable étude, malheureusement inachevée. — L'auteur est aujourd'hui bibliothécaire du ministère de l'Intérieur. —
V. l'art. *Faugère-Dubourg* dans le t. I, pp. 294-29i de la *Bibliographie
générale de l'Agenais.*

[2] M. Paul de Bellegarde, né à Boussères en 1844, ex-procureur
de la République à Nérac, aujourd'hui avocat au même lieu.

[3] Roger du Plessis de Liancourt, duc de La Roche-Guyon.

La tristesse pensive et blesme
Ne prend conseil que d'elle mesme ;
Elle seule entend ses secrets.
Le chagrin jamais ne se lasse,
Et quoy que la raison y fasse
Elle acheve tous ses regrets.

« Une profonde resverie
T'accoustume à ne rien oüir,
Et tu n'as point de fascherie
Qu'au propos de te resjouir.
N'est il pas vray que les estudes
Te plaisent, et les solitudes?
Que les vers touchent ton esprit?
Je t'en fairay tant que je vive,
Et c'est pour toy que je cultive
Ce bel art que le ciel m'aprit.

« Lors qu'enfin la haine importune
Quy me defend de t'aprocher
N'ostera plus à ma fortune
Ce bonheur qu'elle tient sy cher,
Aucun plaisir ne se compare
A celluy que je te prepare :
Je quitteray tous mes amis,
Et quelque maistre que je serve,
Mon service est avec rezerve
De celluy que je t'ay promis.

« La force d'une destinée
Quy me tire agreablement
Me tient ainsin l'ame obstinée
A t'aymer eternellement.
Sans toy, le ciel m'avoit faict naistre
Incapable d'avoir un maistre :
Pren garde de ne maltraitter
Ma volontaire servitude,
Et jamais ton ingratitude
Ne te la fasse regretter.

« Ce n'est pas qu'il me prene envie
De me desdire de mes vœux,
Ny de passer jamais ma vie
Qu'avecques toy sy tu ne veux.
J'endureray de ta colere,
Auparavant que te desplaire,
Comme font les plus bas espritz ;
Ne flatte pas trop mon merite,
Mais aussy jamais ne m'irritte
Par les injures du mespris.

« Liancour, traiste moy, de grace,
Comme un esprit des mieux domptez,
Et, de force ny de menasse,
Ne gouverne mes vollontez.
Un fier commandement quy presse
M'oblige moins qu'une caresse :
J'enrage s'il me faut fleschir.

Les liens trop forts je les brise,
Et la rigueur quy me maistrise
Me conseille de m'afranchir.

« Une ame aux crimes endormie,
Quy ne s'esmeut d'aucun affront
Et que l'horreur de l'infamie
Ne peut faire changer de front,
Sert à tout, et jamais ne pense
Qu'au profit de la recompense.
Dieux quy m'avez voulu donner
Plus d'amour et plus de courage,
Vous sçavez que le moindre outrage
Est capable de m'estonner.

« Mais à quoy cette deffiance ?
Je parle ung peu bien rudement,
Et reproche à ma conscience
Des faux soubçons quelle dement.
Je n'ay rien quy m'oblige à craindre
Que tes desdains me facent plaindre.
Je sçay que tu me fais l'honneur
De me tenir en quelque estime,
Comme je croy bien legitime
L'esperance de ce bonheur.

« Je trouve un soing bien ridicule
De travailler à son renom.
Deubt on vaincre le nom d'Hercule,

Dont je doutte s'il feust ou non,
Apres nous, il ne faut attendre
Que la pourriture et la cendre :
Achille, dont le vieux tombeau
Est de sy fresche renommée,
Quand sa paupiere feut fermée,
Ne se vit ny vaillant, ny beau [1].

« En l'ignorance de ñostre age,
Les bons espritz ont ce malheur,
Qu'on juge mal de leur courage,
Feussent ils fils de la valeur.
On pense que, depuis Pompée,
Les sçavans n'ont tiré l'espée ;
Et semble un monstre en l'univers
Quy ne se peut croire sans charmes,
Qu'un homme ayt pû porter les armes
Et qu'il ayt sçeu faire des vers.

« Je ne veux pas que les histoires
A nos neveux facent sçavoir
Le petit bruict de deux victoires
Que le destin ma faict avoir.
Quoy qu'on parle, quoy qu'on se taize,
Je n'en suis pas mieux à mon ayze ;
Et sy peu qu'on ma veu cueillir

---

[1] Voilà une boutade bien imprudente ! — Il fut heureux, je pense, pour le poète que cette pièce restât inédite.

Des lauriers au sort de la guerre,
Je veux bien que dessus la terre
Il puisse (*sic*) avecques moy vieillir [1].

« Quand tu seras parmy les anges,
En ses delicieux propos ,
Je ne veux point que mes loüanges
Divertissent ton doux repos [2].
Aussy tost je me veux resoudre
A croire que tu n'es que poudre.
Je veux, tant que ton oiel luira,
Que mes escritz le rejouissent ;
Mais je veux qu'ils s'ensevelissent
Alors qu'on t'ensevelira.

« Mais à quoy ces discours funebres
Des sepultures et des morts ?
C'est boire aux fleuves des tenebres
Avant que d'en toucher les bords.
Apres nous, il ne faut attendre
Que la pourriture et la cendre:
Achille, dont le vieux tombeau
Est de sy fresche renommée,
Quand sa paupiere feut fermée
Ne se vit ny vaillant, ny beau.

---

[1] Ces vers semblent faire allusion à des succès militaires inconnus. — Encore une lacune, sans doute, dans la biographie de Théophile, et une des plus regrettables.

[2] La négligence de l'auteur devient ici de l'obscurité.

« Tandis que l'aparence est grande
Que nostre age n'arrive pas
A l'heure de payer l'offrande
Que prend l'idolle du trespas,
Servons à nostre jeune vie :
Aussy bien l'estre de la vie
Au tombeau comme nous est mis.
Et quel bon sens ou quelle estude
Nous peut oster l'incertitude
Du futur quy nous est promis [1] ?

« Liancour, je pensois escrire
Huict ou dix vers tant seulement ;
Mais comme la fureur m'attire,
Je la suis insensiblement.
Comme je n'ay nulle mesure
En l'amitié que je te jure,
J'ay peyne de me retenir
En un service qui te plaise :
Car c'est le comble de mon ayze
Que l'honneur de t'entretenir.

TH. DE VIAU. »

---

[1] Second passage infiniment peu orthodoxe. L'étourderie du poète est sans égale. Songeait-il réellement à l'énormité de sa proposition ? Point n'est besoin de le bien pratiquer pour pouvoir affirmer le contraire.

A part quelques faiblesses résultant des procédés de composition de l'auteur, cette pièce n'est pas à dédaigner. Elle représente assez bien les qualités et les défauts de l'indisciplinable poète ; mais il y a là des traits imprudents, des étourderies de langage, des témérités de pensée qui n'auraient pas échappé au doux Garasse. — Cela me parait dater des environs de 1622. Le jeune et bouillant épicurien garde toute son assurance : rien ne lui révèle encore le dessein qui se trame dans l'ombre et il ne voit pas se former à l'horizon l'orage qui doit l'emporter.

V

La bibliographie de Théophile est quelque peu complexe. Je vais m'efforcer de l'établir au mieux, en m'occupant d'abord des impressions isolées et originales :

Theophile au Roy sur ses Victoires. — A Bourdeaus, par Gilbert Vernoy, 1620, in-12 de 13 pp.

Plaquette rarissime et fort peu connue dont un exemplaire se trouve à la Bibliothèque de Bordeaux. — Elle se compose de trois odes :

1. *Au Roy sur la reddition de Caen.*

On retrouve cette pièce dans la première partie de l'édition de Scudéry.

2. *Sur la Revolte de la Fleche.*

Il se pourrait bien que cette ode n'eût pas été réimprimée. Je ne l'ai vue dans aucune des éditions consultées, pas même dans celle d'Alleaume. Si !

En voici la première strophe :

> « Henri destourne ici tes yeux,
> Et regardant ces tristes lieux
> Consacrés à ta sépulture,
> Considere comme ton cœur
> Se lasche, et contre sa nature
> Reçoit un ennemy vaincœur. »

3. *Pour Mgr le duc de Luynes.*

Ode reproduite dans l'édition de Scudéry et par Alleaume (t. ɪ, pp. 157-164).

Cette ode fut parodiée [1].

— *Lettre ou Complaincte de Theophile à Messieurs du Parlement de Paris.* — S. l. (Paris), 1624, in-8° de 8 pp.

— *Lettre de Theophile à M. de Verdun.* — S. l. (Paris), 1624, in-8° de 15 pp.

— *La Penitence de Theophile.* — S. l. (Paris), 1624, in-8° de 8 pp.

---

[1] Cf. *Eloge du duc de Luynes, avec l'Advis au Roy*, par Theophile ; ensemble les *Repliques* (S. l. 1620, in-8°). — *La Remonstrance à Theophile* (S. l., 1620, in-8°), etc. — Je cite aussi : *Recueil des Pieces les plus curieuses qui ont esté faictes pendant le regne du connestable de uynes* (4ᵉ éd. 1628, in-8°).

— *Lettre de Theophile à son Frère.* — S. l. (Paris) 1624, in-8º de 8 pp.

Pièce peu commune.

— *Theophilus in carcere.* — S. l. (Paris), 1624, in-12.

— *Recueil de toutes les pièces faictes par Theophile depuis sa prise jusqu'à present : ensemble plusieurs autres pièces faictes par ses Amis à sa faveur et non encore veuës.* — S. l. (Paris), 1624 in-8º de 298 pp.

Recueil très rare.

— *Le Frelon du temps.* — S. l. (Paris), 1624, in-8º de 16 pp.

Pièce satirique anonyme qu'on attribue à Théophile. Cette attribution me semble acquise [1].

— *Factum de Theophile ; ensemble sa Requeste presentée à Nosseigneurs de Parlement.* — S. l. (Paris), 1625, pet. in-12 de 13 pp.

— *Apologie pour Theophile.* — S. l. (Paris), 1626, in-8º.

— *Apologie au Roy.* — Paris, 1626, in-8º de 30 pp.

---

[1] V. le *Catalogue Viollet le Duc*, t. II, p. 25 (Paris, 1847, in-8º).

La tragédie de *Pyrame et Thisbé* fut donnée la même
année sous ce titre singulier :

— *La Tragedie de M. de Vendosme et M. le Grand
Prieur son frère, dans le bois de Vincennes, à leur
grand regret, faict par Theophile, devant que de mourir.*
— Paris, 1626, in-8° de 48 pp., portr.

On en connaît deux autres éditions de 1627 et 1630.

— *La Tragedie de Pasiphaé par le sieur Theophile
revuë, corrigée et embellie oultre les precedentes imprimée
par un sien Amy.* — Paris, Claude Hulpeau, 1628.
in-8°.

La tragédie de *Pasiphaé*, composée en 1617, fut écartée par
le poète et ne figure pas dans ses œuvres. Elle ne fut, pense-
t-on, jamais représentée, bien que le *Dictionnaire des Théâ-
tres* de 1754 dise qu'elle obtint un grand succès en 1628.

On cite plusieurs éditions. — La version de Rouen, J.-B.
Behourt, 1627, in-8° est apocryphe. Elle a été néanmoins
réimprimée en 1862, avec notice et appendice : Paris,
J. Gay, pet. in-12.

Quelle que soit l'opinion de divers bibliographes (de
Quérard, entre autres, et de Philarète Chasles), il est avéré
que Théophile avait écrit une *Pasiphaé* fort médiocre dont
l'édition de 1628 donne probablement le texte authentique.

Les Œuvres de Théophile furent publiées en trois parties,
à des dates différentes :

La première partie parut en 1621 :

— *Œuvres de M. Theophile.* — Paris, Jacques
Quesnel, 1621, in-8°.

Le volume débute par des vers de Boisrobert sur le *Traité de l'Immortalité de l'âme*, une pièce de Saint-Evremont, un sonnet et une ode. — Le privilège, signé : *Colbert*, est daté du 6 mars 1621. — Cette impression eut lieu en l'absence de l'auteur et par l'initiative de Desbarreaux.

La 2° édition, donnée aussi par ce dernier en 1622, est devenue introuvable. — La 3° porte ce titre :

— *Œuvres reveuës, corrigées et augmentées.* — Paris, P. Billaine, 1623, in-8°.

Cela fut réimprimé encore en 1624 et en 1625.

La seconde partie, composée d'odes, de sonnets et d'élégies, de la tragédie de *Pyrame et Thisbé* et des *Fragments d'une Histoire comique*, survint en 1623 : Paris, J. Quesnel et P. Billaine, in-8°.

La troisième partie se produisit en 1624 : Paris, J. Quesnel et Billaine, in-8°, et fut réimprimée en 1625, 1626 et 1627. — J'ai mentionné plus haut les tirages isolés de plusieurs des pièces dont elle se compose.

C'est en 1626 que les trois parties furent réunies :

— *Les Œuvres de Theophile, divisées en trois parties : la première contenant l'«Immortalité de l'âme», avec plusieurs autres pièces; la seconde, les Tragedies* (sic), *et la troisiesme, les pièces qu'il a faictes pendant sa prison jusques à present.* — Paris, P. Billaine et J. Quesnel, 1626, pet in-8°.

Réimprimées exactement en 1627 et 1629 à Rouen, par

Jean de La Mare, in-8°; en 1628 à Grenoble, par Marnio-
les, pet. in-8°. — L'édition de 1627 est attribuée à Bois-
robert.

Une édition de Lyon, Michon, 1630, in-8°, contient en
plus la *Lettre à Balzac*, la *Solitude* de Saint-Amant et un
portrait de Théophile.

L'édition donnée par Scudéry, avec sa crâne préface,
parut à Rouen, chez Jean de La Mare, en 1632, in-8°. Elle
est mieux ordonnée, mais moins complète que les précédentes et a été suivie pour les nombreusses réimpressions
faites de 1633 à 1677 à Paris, à Rouen et à Lyon (in-8° et
in-12). Brunet en compte plus de dix-sept. — Le titre a
cessé de faire supposer plusieurs tragédies; il porte, pour
la seconde partie: *La Tragedie de Pyrame et Thisbé et autres
meslanges*. Les derniers mots : *jusques à present* ont dis-
paru.

Vinrent ensuite diverses éditions pet. in-12: Paris, Ant.
de Sommaville, 1661 (2 vol. de 266 et 282 pp.); Paris,
Nic. Pépingué, 1662 (2 vol. de 239 et 250 pp.); Lyon, Ant.
Cellier, 1677, etc.

Tout cela se complète par le recueil suivant :

— *Nouvelles Œuvres de feu M. Theophile, composées d'excellentes Lettres latines et françoises, soigneuse-
ment recueillies, mises en ordre et corrigées par M. Mayret.* — Paris, A. de Sommaville, 1641, in-8° de 11 ff.
n. chiff., 428 pp. et 1 p. d'errata, portrait.

Livre dédié au cardinal de Richelieu et comprenant
soixante-deux lettres françaises et vingt-deux lettres la-

tines. — Il fut réimprimé en 1642, in-8°, et encore en 1648 et 1656, in-12 [1].

Le portrait de 1641 diffère beaucoup de celui de Lyon, 1630. Le poète est plus jeune et de meilleure mine.

Dans sa préface, Mayret signale diverses œuvres de Théophile qui ont dû se perdre, notamment une traduction du *Traité de l'Amitié* de Cicéron.

Toutes les éditions précédentes ont été refondues et complétées de nos jours dans celle-ci, qui leur est, à tous égards, bien supérieure :

— *Œuvres complètes de Théophile. Nouvelle édition revue, annotée et précédée d'une Notice biographique, par M. Alleaume.*—Paris, P. Jannet, 1856, 2 vol. in-16 de CXXXVI-292 et 452 pp. [2].

Aux lettres déjà publiées, le nouvel éditeur en a joint deux autres, extraites de la correspondance de Colbert et des *Mémoires* de Mathieu Molé. Il a recueilli, en outre, les vers de Théophile qui furent imprimés en 1623 dans le *Ballet des Bacchanalles* (in-4°), et aussi, ce dont je ne songe pas à le féliciter, les pièces écœurantes attribuées au même auteur dans le *Parnasse Satyrique*.

Et puisque le nom du poète agenais se trouve si fatale-

---

[1] Un magnifique exemplaire de l'édition rare de 1642 se trouve à la Bibliothèque départementale de Lot-et-Garonne.

[2] Collection de la *Bibliothèque Elzévirienne*.

ment attaché à ce recueil sotadique, voici à ce sujet quelques indications bibliographiques :

— *Le Parnasse des Poetes satyriques, ou Dernier Recueil des vers picquans et gaillards de nostre temps.*— S. l. n, d. (Paris, 1622),in-8°.

2° édition : S. l., 1625, in-8° de 380 pp., caractères italiques ; 3° édition : S. l., 1627, in-12. — Très rares.

— *Le Parnasse Satyrique du Sieur Theophile.* — S. l. (Hollande, à la Sphère), 1660, pet. in-12 de 321 pp.

C'est l'édition la plus recherchée. Celle de 1668 (Holl., Elzévir, pet. in-12) est fort médiocre.

Autres éditions :

S. l. (Hollande) 1672 et 1677, pet. in-12 de 320 pp. — Rares.

— *Le Parnasse Satyrique du S. Theophile, revu et corrigé par un Autheur moderne.* — A C..., l'an mil six cens trop tost. in-12.

Brunet suppose que cette édition est de Rouen, vers 1650.

— *Le Parnasse Satyrique du S. Theophile, contenant divers Madrigals* (sic) *et Epigrammes galans et facetieux.* - Calais, Pasquin, 1684, in-18 de 117 pp.

Ce recueil diffère des précédents. Il est divisé en deux parties dont la première n'est qu'un choix des pièces déjà publiées. — Brunet pense que l'édition dut être traitée en Allemagne.— J. Gay en a donné une réimpression en 1862.

Editions modernes : Gand, Duquesne, et Paris, Claudin, 1861, in-12; Paris, Poulet-Malassis, 1864, 2 vol., pet. in-8°, frontispice[1].

---

[1] Cf. la notice de l'éd. Alleaume, p. cv, le *Manuel du libraire* de Brunet, les *Supercheries littéraires* de Quérard, etc.

Je n'ai pas à m'occuper des insanités antérieures ou similaires, aux titres parfois orduriers. La bibliographie de Théophile n'a rien à démêler avec ces turpitudes. On sait combien elles furent funestes à celui qui s'affublait du pseudonyme de *Théophile le Jeune*, Claude le Petit, brûlé avec son livre en place de Grève, en 1665. Mais il faut se souvenir que le fameux *Parnasse Satyrique* fut la cause apparente ou le prétexte de persécutions odieuses, et il importe de revenir sur ce sujet.

Le procès de 1623 et la détention préventive du poète produisirent une foule d'écrits que je ne saurais passer sous silence. — Le Catalogue La Vallière indique un recueil de cinquante-cinq pièces in-8° pour ou contre Théophile. On pourrait donc dresser en ce sens une longue liste [1]. Je vais me borner à la mention des plaquettes suivantes, imprimées à Paris et presque toutes de format in-8° :

— *La Prise de Théophile par un prevost des mareschaux, dans la citadelle du Castellet, en Picardie, amené prisonnier en la Conciergerie du Palais, le jeudy, 28 de ce mois* (septembre). (Ant. Vitray, 1623, pet. in-12 de 14 pp.)

— *Procez-verbal de l'emprisonnement de Theophile, presenté à la Cour par le prevost des mareschaux* (Pierre Ramier, 1623, in-12 de 13 pp.).

Ces deux pièces ont été réimprimées par Alleaume, dans l'*Appendice* de sa notice sur Théophile.

— *Le Theophile reformé* (1623).
— *Le Te Deum contre les Atheistes libertins* (Guillemot, 1623).
— *Les Adventures de Theophile au Roy* (1624).

---

[1] Bibl. Nat. : fonds Colbert, coll. Dupuy.

— *Dialogue de Theophile à une sienne maistresse l'allant visiter en prison* (1624).

— *L'Apparition d'un phantosme à Theophile dans les sombres tenebres de sa prison* (1624).

— *Atteinte contre les impertinences de Theophile* (1624).

— *Response du sieur Hydaspe au sieur de Balzac sous le nom de Sacrator, touchant l'anti-Theophile et ses escrits* (1624, 31 pp.).

Pièce reproduite par Alleaume dans son *Appendice.*

— *Response de Garasse aux medisans* (1624).

— *Requeste de Theophile au Roy sur l'eslargissement des prisonniers* (1625).

— *La honteuse Fuite des ennemis de Theophile après sa délivrance* (1625, 31 pp.).

— *Le Theatre de la fortune des beaux espritz de ce temps ; ensemble l'Action de grace sur la liberté de Theophile* (1625).

— *Miroir de la Cour adressé à Theophile* (1625 .

— *Le Triomphe de Minerve sur l'heureuse liberté de Theophile* (1625).

— *Le Testament de Theophile* (1626).

— *Plaincte de Theose sur la mort de son amy Theophile, avec son Tombeau enrichi d'Epitaphes* (1626, 16 pp.).

— *La dernière Lettre de Theophile à son amy Damon, qu'il a faicte en sa maladie* (1626, 12 pp.)

— *Apologie pour Theophile, avec son Epitaphe ; ensemble les Regrets de Philis sur son tombeau* (1626, 18 pp.).

— *Le Theophile ressuscité* (1626, 14 pp.).

— *L'Ombre de Theophile apparuc au Père Garasse* (1626, 16 pp.).

— *La Rencontre de Theophile et du Pere Coton en l'autre monde* (1626, 15 pp.).

— *L'Examen de Theophile sur le Parnasse Satyrique, par Rhada-
mante, juge des Enfers* (1626, 16 pp.).

Quérard cite une partie de ces opuscules [1].

Le premier arrêt du Parlement, du 19 août 1623, fut
imprimé :

— *Arrest de la Cour de Parlement, par lequel les sieurs Theophile,
Berthelot et autres sont declarez criminels de leze-majesté divine pour
avoir composé des vers impiés contre l'honneur de Dieu, son Eglise et
honnnesteté publique, etc.* (Paris, Ant. Vitray, 1623, in-12 de 8 pp.).

Pièce reproduite par Alleaume dans son *Appendice*, en
même temps que divers extraits des registres du Parlement.

J'ai rappelé l'écrit du Père Garasse contre Théophile :

— *La Doctrine curieuse des beaux espritz de ce temps* (Paris, 1623,
in-4°).

Ce livre fut réfuté par Ogier : .

— *Jugement et Censure de la Doctrine curieuse de F. Garasse* (Paris,
1623, in-8°).

L'auteur répliqua par une :

— *Apologie du Père Garasse* (Paris, 1624, in-12) [2],

et l'année suivante parut encore :

— *Nouveau Jugement de ce qui a este dict et escrit pour et contre la
Doctrine curieuse* (Paris, 1625, in-12).

---

[1] *Supercheries littéraires*, art. *Théophile.*

[2] Les deux adversaires se réconcilièrent en apparence.—V. *Lettre
du P. Garasse à M. Ogier touchant leur reconciliation, et Response du
sieur Ogier sur le mesme sujet* (Paris, 1624, in-12).

Le *Doctrine curieuse* a été longuement analysée par Alleaume.

.·.

De nombreuses études sur le poète agenais ont été publiées. J'en ai indiqué plusieurs au cours de cette notice; j'ajoute les suivantes :

Mémoires de Nicéron (t. xxxvi, p. 86). — Le *Parnasse François* de Du Tillet (p. 197). — *Echo de Marmande*, du 19 février 1837 (anonyme). — *Revue des Deux Mondes*, du 9 août 1839 (Philarète Chasles). — *Revue de Paris*, du 17 novembre 1839 (Bazin). C'est aussi dans la *Revue de Paris* que fut d'abord publiée par Gautier la curieuse étude classée ensuite dans les *Grotesques*. —*L'Agenais illustre*, par André de Bellecombe (Agen, 1846, in-4°, pp. 26 et suiv., portr.). — Le *Poète Théophile de Viau*, par Jules Serret (Agen, 1864, in-8°, et dans la 2e édit. de la *Biographie Universelle*), etc.

V. encore le *Mercure François* de 1626, la *France Protestante*, la *Nouvelle Biographie générale*, etc.

Les historiens de la Littérature française ont apprécié Théophile de façons diverses. Il m'est agréable de répéter qu'un des meilleurs, Eugène Géruzez, s'est montré le plus judicieux. —Quelques-uns l'ont dédaigné ; d'autres, comme Demogeot, ont difficilement consenti à lui accorder une mention discrète. Ch. Gidel, un peu plus juste, n'y a guère mis de bonne grâce, et Frédéric Godefroy (*Les Poètes*, t. ı) a pris la peine d'émailler le sujet d'inexactitudes variées.

Avec son article *Théophile*, M. G. Vapereau vient de donner un spécimen assez mal choisi de nouveaux *Eléments d'Histoire de la Littérature française* (Paris, Hachette,

2 vol. in-16).—Il veut bien rappeler qu'en 1638, l'Acadé-
mie plaça notre poète parmi les auteurs à consulter
pour la préparation du *Dictionnaire* ; mais il déclare qu'on
ne saurait trouver dans *Pyrame et Thisbé* que des traits
de mauvais goût. — En est-il bien sûr ? affirmerait-il que sa
citation fût choisie sans parti pris ?

C'est toujours, du reste, le même procédé de critique
consistant à prendre le meilleur des uns et le pire des autres.
— On pourrait mieux faire : sans songer à nier les faiblesses
d'une œuvre, il doit être permis d'en signaler aussi les
mérites.

VI

L'auteur des *Recherches sur le pays de Théophile de Viau*
dit (note 8, p. 60) que Théophile avait écrit des vers gas-
cons en l'honneur de Boussères, et il affirme qu'un M. du
Gasquet[1], homme très aimable, les lui récita plusieurs fois
dans sa jeunesse. Cela n'a rien d'invraisemblable ; mais il
se pourrait aussi que ces vers agenais fussent de ceux que
composait Paul de Viau, selon le témoignage de son frère.
Il est même certain que Marie, la sœur préférée du poète,
rima quelque peu[2].

J'ai déjà fourni sur la famille de Viau des indications
authentiques, puisées dans les archives de Boussères. — Je
vais les compléter sommairement :

---

[1] Les du Gasquet, d'Aiguillon, achetèrent en 1532 le petit fief de
Viau. Je mentionnerai l'acte intervenu à cette occasion.

[2] Le fait, dis-je, est certain. Les archives de Boussères possèdent
une lettre d'un M. de Fenis, de Tulle (xviie siècle), demandant
copie de quelques-unes des pièces composées par Marie de Viau.

L'aîné des cinq enfants de Janus, Paul, capitaine dans
l'armée protestante, se trouvait à Montauban en 1621 [1] et à
l'Ile de Ré en 1625. Pris dans un combat contre le duc
d'Elbœuf, on lui imposa une assez forte rançon. Il devint
maître d'hôtel du duc de Montmorency, se montra très
dévoué pour Théophile malheureux, et après la disparition
du poète, fit avec son autre frère Daniel, le 27 décembre
1626, un partage que mentionne l'inventaire dressé à la
mort de ce dernier, le 25 juillet 1651. — Paul épousa Mar-
guerite Basset, se fixa à Castelsagrat et laissa cinq enfants
auxquels leur mère survécut

Daniel de Viau, sieur de Bellegarde, ou plus simplement
De Bellegarde, resté célibataire, acheta les droits de Paul,
le 21 juin 1630, et soutint un procès contre sa veuve en
1639. — D'accord avec Marie de Viau, il vendit à Arnaud du
Gasquet, le 28 mai 1632, la *métairie* de Viau située dans la
paroisse de Saint-Côme, juridiction d'Aiguillon. Il s'établit
à Boussères et testa le 19 novembre 1650 en faveur de ses
deux nièces, Suzanne et Marie, filles du capitaine, avec
substitution, à leur défaut, de sa sœur Marie, laissant seulement 1,500 livres à Etienne Viau, son propre fils naturel.

Le nom de *Bellegarde* a fait errer les biographes, Gautier notamment, qui ont cru à un intendant de Théophile,
par une fausse interprétation de ces vers du poète (*Lettre à
son Frère*) :

> « Là, d'un esprit laborieux,
> L'infatigable Bellegarde,
> De la voix, des mains et des yeux
> A tout le revenu prend garde. »

---

[1] La *France Protestante* le signale à Montauban en 1628, sous
Henri de Lanes. Peut-être y a-t-il là une confusion ? Je ne m'y
arrête pas.

On n'a pas de renseignements sur Suzanne de Viau, dame Duffort, qui ne laissa qu'une fille.

Marie de Viau, dont j'ai longuement parlé, conserva Boussères. Elle avait été favorisée par le testament olographe de Janus, daté du 16 septembre 1621, lui affectant un legs spécial de 6,000 livres, avec attribution de la totalité des biens, au cas où ses frères mourraient sans postérité. — Elle-même testa le 18 avril 1666 par devant M⁰ Manet, notaire royal à Thouars.

On possède une charmante lettre que lui adressa Théophile en 1616 et dont l'original appartient à la famille de Bellegarde. Cette lettre a été donnée par M. Faugère-Dubourg en 1859 dans la *Revue d'Aquitaine* [1], mais sans tirage à part. Comme elle mérite mieux qu'une demi-publicité, je la reproduis en terminant :

« Madamoiselle ma sœur, ce que je vous escris n'est que pour vous faire entendre le souvenir que j'ay de vous, et pour vous reprocher la paresse que vous avez à me tesmoigner le vostre. Cela ne diminue point de mon affection que toutes les choses du monde ne sçauroient alterer. J'ay oublié ce que je vous avois promis : faictes m'en ressouvenir encore, et vous ne me demanderés rien que je ne vous accorde. Je ne suis pas encore fort riche et vous desire à touts plus de fortune qu'à moy. La paouvreté qui ma si long

<hr />

[1] Année 1859, p. 530. — V. une note précédente.

temps poursuivi se lassera bien tost comme j'espère.
Alors touts se ressentiront de mes commodités, et
vous particulièrement que j'aime de tout mon cœur.
Adieu, ma sœur, je seray toute ma vie

  Vostre tres humble frere et serviteur,

                    THÉOPHILE DE VIAU ».

  « A Paris, ce 24 dec. 1616 ».

  « Encore me suis je ravisé de vous envoier quelques douzaines d'aiguilles et d'esplingues pour monstre. Si elles sont bonnes vous en aurez davantage et
n'avez qu'à m'escrire combien de milliers il vous en
faut.

  Et vous partagerez avec ma mère et ma sœur
Duffort. »

  Lettre scellée, sous son pli étroit, de deux cachets en
cire rouge, aux armes, fixant les deux extrémités d'un lacs
de soie verte. — Elle porte cette suscription :

        « A Madamoiselle ma Sœur,
            Madamoiselle de Viau,
          à Bousseres ».

  Les détails qui précèdent sur la famille du poète agenais,
— détails sommaires, mais la plupart inédits, — seront, je
crois, utilement complétés par le Tableau Généalogique
suivant dont j'emprunte encore les éléments aux Archives
de Boussères :

AGEN, IMPRIMERIE VEUVE LAMY, RUE VOLTAIRE, 43

Original en couleur

NF Z 43-120-8

www.ingramcontent.com/pod-product-compliance
Lightning Source LLC
Chambersburg PA
CBHW060837180626
46818CB00004B/1478